中国诗人

王炳利

著

WEN ●
问

TIAN ●
天

TANG ●
堂

北方联合出版传媒（集团）股份有限公司

春风文艺出版社

·沈　阳·

图书在版编目（CIP）数据

问天堂／王炳利著．—沈阳：春风文艺出版社，
2018.2（2021.1重印）
（中国诗人）
ISBN 978－7－5313－5364－5

Ⅰ．①问… Ⅱ．①王… Ⅲ．①诗集—中国—当代
Ⅳ．①I227

中国版本图书馆CIP数据核字（2018）第021496号

北方联合出版传媒（集团）股份有限公司
春风文艺出版社出版发行
http://www.chunfengwenyi.com
沈阳市和平区十一纬路25号　邮编：110003
永清县晔盛亚胶印有限公司印刷

责任编辑：韩　喆　　　　　责任校对：潘晓春
装帧设计：琥珀视觉　　　　幅面尺寸：125mm × 195mm
印　　张：6　　　　　　　　字　　数：101千字
版　　次：2018年2月第1版　印　　次：2021年1月第2次
书　　号：ISBN 978-7-5313-5364-5　定　　价：26.00元

总　序

中国是诗的国度。千百年来，人们沐浴在诗歌传统中，传诵着一代又一代诗人写就的经典之作。而伴随着现代社会和互联网的发展，信息的传播和接受更加便捷，诗歌的阅读与创作方式也在潜移默化中被改变，在信息量无限扩大的互联网世界，远离喧嚣、静赏诗意显得尤为珍贵。

中国诗歌网正是在这样的背景下应运而生。作为国家重点文化工程，中国诗歌网以建立"诗人家园，诗歌高地"为宗旨，迅速成为目前国内也是世界诗歌类互联网专业出版平台和中国诗坛最具权威性和影响力的文学阵地之一。

互联网时代诗歌创作的便捷激发了一大批诗歌爱好者与诗人的创作热情，他们在公交车上写诗，在工作间隙写诗，他们创作的诗歌作品贴近现实与生活，在追求好诗的道路上不断前进。春风文艺出版社有着久远的诗歌出版史，《朦胧诗选》和《汪国真诗词精选》曾一度畅销。近两年，春风文艺出版社一直致力于打造优质诗歌的品牌。本着推介中国当代诗人的原则，中国诗歌网与春风文艺出版社决定联合推荐出版"中国诗人"诗丛，共同打造"中国诗人"这一诗歌新品牌。该诗丛计划出版百部优秀诗集，在注重诗歌质量的同时，力求结合互联网与传统出版的优势，通过直观的文本呈现向读者介绍一批热爱诗歌、坚持诗歌创作的诗人，以期汇集中国当代诗歌优秀成果，展示当代诗人的创作实绩与创作风貌。

作为国家文化工程的中国诗歌网，推出"中国诗人"诗丛，也是在整个民族复兴的伟大进程中展示中国人崭新的精神风貌。因此，我们在百花齐放的诗坛，特别关注有家国情怀的厚重力作，提倡来自生活的独特发现，鼓励创新探索的艺术精品，推崇高雅纯真的诗情意趣。我们希望这套"中国诗人"丛书是体现诗坛正能量，能够引人向上、向善、向美的诗歌佳作。

我们满怀期待，我们也真诚希望广大诗人和诗歌爱好者关注这套诗丛，与诗同在，我们为此感到自豪和幸福。我们期待更多的诗人加入我们这套丛书，我们也期待这套丛书走进更多读者的心田！

叶延滨

2017 年中秋前夕于北京

序

贵在不停地寻求乡土的神秘

——读王炳利的新乡土诗

"其实诗歌没有那么复杂，关键你得带着真感情去写，遵循自己内心的感动，捕捉那稍纵即逝的灵感，用自己独特的语言方式表达出来，那就会是一首不赖的诗。"这是当代诗歌批评界泰斗人物谢冕先生在一篇访谈中说过的一句话，也是我读王炳利创作的新乡土诗留给我的最初印象。

本诗集作者写诗起步于20世纪90年代，2017年我从北京回到了潍坊，意想不到地发现他的诗进入了一个崭新的境界，成了一位写乡土并具有写乡愁特色的诗人。这种变化是从他的诗中的一些细节发现的，他从故土的枯草中发现一缕缕星光，认为这就是"熊熊燃烧的火焰／濯洗天堂里的尘埃"，于是他将这种一缕缕对故土的思念，变成了新的意象，并将它的韵味吹向了远方！

过去写诗，重在抒情，善于从大自然，从客观环境以及社会现象上寻找主体感受，摄取景象，有情中景、景中情，有情景结合，当然，这也是一种诗的境界。但是，他发现诗人必须按照自己的意图去发掘自己的内心世界，然后进入深层去索取，建构出自己的崭新诗意世界，这样才能走向高端。我认为这是诗人对内心的一种唤醒，开始行使自己新的话语权利，打造一个具有通感、隐语、变形、心形转换的诗意世界。有一次他回家"伴随着春天的脚步，年味在车窗回旋/朦胧中，一缕缕炊烟袅袅升起/此起彼伏的鞭炮声，在蓝天白云间回荡"突然感悟到，这才是"春天最美的音符"。

　　故乡和童年是诗人的根，是他的希望和力量所在。他就在这种"一声汽笛，一声叹息／一路颠簸，一路思念"中发现了现代乡情的重要。这也是他对诗的生命力的巨大发现，始在其中，终在其中，于是，开始了对乡土情感的再一次发现与对接。在这种精神的感召下，他这几年写了大量的思念故土、乡情、父亲和母亲的诗。请看下面这首名为《乡音》的诗：

　　　　娘唤儿的声音，响彻在子夜
　　　　城乡穿梭，迷离的星辰

惝恍的梦幻，洞穿无眠的夜空

相思的手抚摸你，月光般的华发
泪水氤氲寂静的午夜
飘送如水的乡音，蜿蜒的乡路

佝偻的你，伫立夕阳眺望
洞穿时间和距离的河水
漂浮落叶和暮雨，静默无语

苍穹回响，漫无边际的呼唤
娘啊，别喊了，别眺望
梦中看到你，如霜的双鬓陡增几多坎坷

爬呀爬，爬不出一道道苍茫山峦
爬不出，您那如雪白发的包围
只得喊一声：娘啊，我的白发亲娘

这首诗，抒发了他心灵的孤独感，"佝偻的你，伫立夕阳眺望／洞穿时间和距离的河水／漂浮落叶和暮雨，静默无语"，这是一种不可解脱的孤独，乡情啊，诗人驾驭着浪漫的想象进行了一种不同寻常的感情升华，同时点出了当今时代中的一种不可回避的悲剧情结，展示了它不同于任何时期出现的时代意义。

在当下的文化语境中，只有融合出自己的独特纯净，才能抵御物化和媚俗的社会现实，超越眼前的狭窄与局限。这种追求决定了诗的情感内涵和审美，探索人的生命从哪里产生出来，确立诗必须以心灵为载体，才能绽放出生命最美丽的花朵。作者写的《娘啊娘，最亲的白发亲娘》就是写的一种爱的沉淀与爱的开掘，字字真情，句句意象，写得让人热泪直流：

夕阳依旧焚烧，无边的寂寞

您依旧眷恋，襁褓中的笑脸

黎明依旧吞噬，无涯的黑暗

我依旧思恋，您那甜蜜的乳汁

多少次醉酒的呢喃，把您呼唤

多少次跌倒的啼哭，把您思念

多少次的梦中相见，是如此亲切

娘啊娘，是我眼角的一滴泪珠

清风吹乱，您花白的头发

山路踏碎，您苍老的足音

儿女摧折，您挺拔的腰肢

娘啊娘，是我前行的一盏明灯

娘啊娘，我的白发亲娘

多想亲亲，您那沟壑丛生的老脸

娘啊娘，我的老娘

真想给您披上，用我身体做就的棉袄

但我惧怕这，会让您添加过剩的心痛

酸涩的泪水，淹没四季的光明

潮水吞噬，时光和距离

娘啊娘，我最亲的白发亲娘

娘啊娘，我最亲的白发亲娘

回家，再也看不到您了

您的音容笑貌，只能温暖在我的回忆里

娘啊娘，到哪儿才能找到，我最亲的白发亲娘

（俺娘姓徐名桂兰，生于1928年6月1日。1947年
嫁入王家，共育有四女二男。一生温良恭俭，辛劳持

家。卒于2015年12月14日，享年87岁）

作者这种血肉通灵的写法，进行了生命的原始驱动与开掘："但我惧怕这，会让您添加过剩的心痛／酸涩的泪水，淹没四季的光明／潮水吞噬，时光和距离／娘啊娘，我最亲的白发亲娘"。写诗就是要凝聚自己的心灵，开阔自己的灵性疆域。

说实在的，诗是什么？它就是埋在生命深处的那些确实能让人感知的又是确实在生活中存在的纯美的东西，这些美的东西，任何人都可以在生活中遇到或发现，但不一定能写成诗。而诗人的长处却与众不同，他不仅能听到看到，还能写出来，进而变成显形的诗境，还能接近社会，走进历史，变成永恒的精神财富。这才是真诗与好诗。

现在这个时代，人的情感往往落入物欲的陷阱，不少人忽略了母爱和父爱。这种现象逐渐形成了颇具忧虑和困惑的现实，正因为有了这种心痛，作者写对娘的深爱，就更具有了真实意义："但我惧怕这，会让你添加过剩的心痛／酸涩的泪水，淹没四季的光明／潮水吞噬，时光和距离"。这种惧怕与心痛，成就了炳利诗的魂魄，才有了对现实更深的认知，使他的诗达到了一种更深的层次。他写的这首《娘啊娘，最亲的白发亲娘》是对现实社会复杂现象的一种呈现，韵味无限地展示了现代人的内心世界。

当代新诗，不论写什么主题，都必须深入当代人的现实生存圈中，探索当代人的复杂性与包容性，介入和揭示生存困惑与艰难，并把深层的内心最大限度地诗意化。这样不仅疏离不了眼下的现实，又能超然于现实之上写作，是对诗的一种高端建树，在这种追求与实践中，作者写的一些乡情的诗，就显得内容集中、感情饱满、想象力丰富，又有隐含，是直接抒怀和潜入灵魂冰层的结合，这种直感与挖掘相结合的方式，不停地靠近自己的内心，找到诗的神奇力量。他的这种神奇是从人的眼睛中闪射出来的，同时又能使人发生心灵的震颤，发掘了诗的一个从未触及的敏感点。作者写的《父亲》一诗，就体现了这种发掘与展现：

自年轮逸出的白发，至今
仍飘拂在北方的原野
您劳作的脊背和耕耘过的
至今仍散发着泥土馨香的田埂
您放牧的牛鞭与那洁白的羊群

深深地烙进，我步履维艰的生命里

您枯树似的双手，托起无数黄昏与黎明

您瘦削的双肩，扛起山脊的重荷

那苍凉的山风莫不是

您一生最响亮的足音

踏过坎坷与逶迤的山路

至今，仍叠印在我人生的步履里

世界上很难让人领会到的一点，是灵魂对美的渴望更珍贵，同时也没有谁能够自发地把自己提升起来和高贵起来，只有诗，诗的美是人类灵魂最具营养的粮食，他写的这首诗就是对自身灵魂的开发与提升，你看他写"父亲"这几句诗，多么的闪亮：

您枯树似的双手，托起无数黄昏与黎明

您瘦削的双肩，扛起山脊的重荷

那苍凉的山风莫不是

您一生最响亮的足音

踏过坎坷与逶迤的山路

至今，仍叠印在我人生的步履里

父亲就是美的化身，他的双肩是隆起的山脊和山风般的足音，叠印在自己的步履里，这不是对自身高贵的提升吗？父亲的形象片刻地闪现在美感之中，我不仅要用耳朵去听，还要有对美的喝彩，父亲成了他内心的辉煌之国。只有美的存在，才能用诗境塑造出它的辉煌，美是诗的唯一元素，如果乡土之中没有了美，也就无法唤醒人生之爱。有了美的这种展示，才是同父亲对接的根本语言。作者透视着自己的骨肉，述说着内心的自我。这种诗质，深刻在不是一般的理性思考，而是意象的生命内在的深刻。实际上，此首诗的写真就是一种对人生本质的敞亮与呈现。

当前网络诗发展迅猛，几乎每个地方都会冒出一个诗的群体。应该说不少诗人是紧追时代风尚的创意歌手，但是有时也会泥沙俱下，不伦不类的诗也在污染着诗的生态环境，真正的从美学角度来审视诗、创造诗的美境者并不很多。然而作者并不受繁杂的诗风影响，坚持开垦和养护乡土这一方圣地，并用诗人之眼力，深入洞察老家这片神秘的土地，他的发现是与一般人不同的，贵在寻找神秘之处。对于诗人来讲，它的真正价值也在这里。历史上不少大诗人，他的创新能力与发现力也恰恰在这里。于是他们才成了穿越历史的真正诗人。

问题在这种神秘性并不在远方，就在你出生的故土上，它是朦胧的，时时围绕着我们身边，去尽心、尽力、用心地做诗人的本分，如果你的感觉不敏感，或迟钝，你就发现不了这种奇特神圣与神秘。作者从自身入手，努力发现自己身边超感觉的世界，从蒙面的现实中找到原始的感知，超越真实的生活，神奇得能构成梦境的生活，绝妙得能展示生命本相的生活。他有不少写家乡的诗，就具有这种出奇的审美能力：

乡村速写（之一）

黎明的精血
绽放，玫瑰的芬芳

蝴蝶飞翔
勾画，大地与天空的歌声

五月金黄的麦田
一粒种子，丰盈大地的胸膛

回望故乡（组诗）

一

一只翱翔的雄鹰

穿过乡村的眼睛

抚摸远古的马

一匹雄健的马

策马而来的远征勇士

和凯旋的王

一杯酒灌醉

月光弥漫的故乡

我不知道

一夜的逃亡

目的地是荒原

抑或沙漠

四

五月，乡村诗篇被季节切割
金黄的是麦穗，银白的是月光

多年前，先人膜拜的祭坛
供奉，五月的谷神

而今乡村亲人，举起五月乡村
一只盛满，农事的酒杯

与日月同饮，与天地共醉
在五月乡村，硕大的怀抱

弹奏，麦穗的音乐
吟诵，关于五月最美的诗篇

　　诗人只有把目光转向自身，并用锐利的目光穿越人生精神的神秘光圈，不停地发现其生活细节中的光焰与神圣，才是诗的活力与勇气。对乡土、对父母的情与爱，不时地在他的诗行中闪烁着，越读越让人心灵震撼。这种纯粹的美与智慧成了人们精神的最美食粮，成为我们最宝贵的财富。

当然他的诗并不是十全十美，有些诗写实多于运用诗的意象，有些细节对诗的意境开发也不够，这是大多数写诗者在诗歌创作道路上难免出现的现象。当今社会生存与人性偶尔发生冲突，有时理性多于感性，用理性割裂着人与人的关系，生活现实如此，艺术也如此，这就要不断地调整自己对诗学的审美能力，净化着物化的现实，去拥抱诗神和心灵的纯正，继续成为新诗发展的创造者。

是为序。

王耀东

2017年6月

代　序

天堂树

有天堂吗，不知道
天堂有树吗，不知道

那爱恋的故乡和我爱的人
是天堂的居所

一棵树根扎于故乡
树冠是我的头颅

父母的叮咛与妻儿的眼神
不受时间的约束，是生长天堂树的大地

目　录
CONTENTS

过客，从不被流浪的云朵接纳

目 录
CONTENTS

目　　录
CONTENTS

温一壶老酒，煮沸秋天的河流

目　录
CONTENTS

目　　录
CONTENTS

娘啊娘，最亲的白发亲娘

目　　录
CONTENTS

我在秋天的枫树下，想你，我的爱人

目　　录

CONTENTS

目　　录
CONTENTS

憔悴的人，望见故乡就哭了

跋

过客，从不被流浪的云朵接纳

十二粒麦种

墓穴的角落，面对东南方，母亲默默祈祷
十二粒麦种，正好够六个儿女
一生的食粮，风中传来母亲的话语

十二粒麦种，分娩十二万棵麦苗
十二万棵麦苗，喂养十二位上帝的使徒
十二位上帝的使徒，创建十二万座村庄

昏暗的豆油灯下，父亲数着手心里的麦种
十二粒麦种，走过十二个月的旅程
最后，种植在父母的坟头

十二粒麦种，承受十二万分的受难
十二粒麦种，穿越十二万光年
走进复活的麦地，收获麦草，也收获种子

无花果

母亲走后，老家院子只有荒芜的足迹
一畦先前栽种的韭菜，绿油油富有生机

婆婆丁绽放黄花，一簇苦菜和车前草，花未开
一棵爬地生长的枸杞，一株长满红叶的月季

阳光慵懒，诉说旧日的时光，没有老榆树的遮挡
院子的天空，异常蔚蓝，不见鸟儿的踪影

那盘坍塌的石磨，被杂草覆盖，露出热水袋一角
两扇斑驳的屋门，再也飘不出袅袅炊烟

老榆树墩分娩的木耳，等待一双皲裂的老手
挂在西屋墙壁上的纺线车，抚慰壁虎寂寞的抽泣

一株无花果，旧年的果实干瘪苍老，仿佛母亲的皮肤
新抽出的嫩芽上，有铁的质感，一只蜜蜂在盘旋

四月的春风，依旧吹过，盖有褐色瓦片的老屋
四月的雨水，依旧洗濯，倒扣的水瓮和那株无花果

在 此 刻

翻越千山万水，空留朝圣者，步履的孤独
如果那一刻来临，请沿大昭寺的方向，眺望

身穿袈裟的苦行僧，肉体在殿内，打坐
手敲木鱼的忏悔者，灵魂在天空，徘徊

在此刻，夜深人静，山寺幽幽
在此刻，风清月明，大地寥廓

在此刻，天地澄澈，海水汤汤
在此刻，我心高蹈，宇宙苍茫

涅槃后的黎明，在此刻，必将得到永生
高原的生灵，向着北方，默诵佛语

在此刻，所有的生命，向着北方
双手合十，虔诚地祈祷，真情地歌唱

在此刻，我坐化为一朵流云，作别尘世的烦扰

翱翔的雄鹰，在祖国上空，沐浴人间烟火的温暖

乡村速写（之一）

黎明的精血

绽放，玫瑰的芬芳

蝴蝶飞翔

勾画，大地与天空的歌声

五月金黄的麦田

一粒种子，丰盈大地的胸膛

北京西山（组诗）

大 觉 寺

在西山大觉寺
无僧人的寺院，空旷寂寥

一只乌鸦，从葱郁的林莽深处惊起
追踪游人的脚印

九支太阳的羽箭
在草丛中，寻找自己的骨头

千年钟声，从辽代穿越
依旧在稠密的秋雨中，回响

山 径

异乡人沿着秋风醺醉的山径
一步一步，虔诚地爬上西山

一不小心，就被西山的松树
和酸枣树扎伤了眼睛

一不小心，就被西山灰色的岩石
和岩石上攀缘的灌木丛，纠缠

仿佛，你终生走不出被夕阳
泼黄的西山

牵 牛 花

深秋了，你依旧将孤独的紫色
在灰色的岩石上，冷艳地盛开

西山的北麓，没有鸟儿的啾鸣
只有秋风，在默默地哀唱

仿佛，一只南方蝴蝶的尸骨
被蓝色的云朵，带到了北方的西山

我注视着你，在夕阳的余晖里

一朵燃烧的火焰，目送异乡人的背影

一条铁轨

一条锃亮的铁轨，伸向丛林深处
被一片墨绿色的黑，吞噬

没有一个旅人的站台
你的孤独，无人知晓

一声汽笛，惊起一群飞鸟
在我的视野里，四散而逃

蓝天，伸向远方的远
在虚无里，难以抵达遥远的故乡

在 西 山

在西山，我看到了荒草埋没的七王坟
一只乌鸦蹲在坟头，倾听王后的哭声

在西山迦陵舍利塔下，我看见一个年轻人
双手合十，在默诵着经文或者对爱人的祈祷

在西山，我沿着大觉寺的山径
看到了，迦陵禅师诵经的背影

不远处，千年的银杏树敲响了木鱼
三百年的玉兰花，补缀着一件件僧衣

在西山眺望

在西山眺望，我看见了荒芜的圆明园
乱石上雕刻出，一张张狰狞的面孔

燃烧了三天的大火
灰烬下面裸露一个，颓败的帝国

在西山眺望，我看见了绿意葱茏的景山
那棵歪脖子树下，依旧吊挂崇祯皇帝的白骨

在游人的头顶，掠过一只惊起的乌鸦

替古人唱挽歌，也替自己敲响丧钟

岩　石

从山底望去，你像一只鹰眼
黑得看不见黑

从山中看去，你像一面灰色的旗帜
一再被枯草覆盖

直到坐上去，你像一块北海的冰
苔藓坚硬而潮湿

循你远眺，是你成群的兄弟
在西山对饮酣醉

夕　阳

无数的令箭，刺穿一树树枝丫
就像一块金砖，被强盗碾碎抛向西山

耀眼的黄，刺瞎了一只鹰的眼睛
只剩漫山遍野的羽毛，挟裹在秋风里

一根爬藤与一块岩石，在夕阳的余晖里
缠绵私语

那株枯萎的酸枣树，与脚下干瘪的黑枣子
依旧在呢喃

京　郊

在紫禁城六环外，你的蓝高过天空
在异乡人的梦境里，筑巢

远在千里之外的故乡，是一个旧梦
梦中两双黑色的眼睛，仿佛暗夜里的星星

返乡，回不去的高铁已晚点三小时
逃离，是刻在你坟墓的墓志铭

京郊之外，除了荒凉还是荒凉
过客，从不被流浪的云朵接纳

滨海之恋

这一刻，无边无际的蔚蓝吞噬了我
我的肉体被你深深缠绕
你也被我紧紧拥抱于怀

你的体温，你的柔情
迷醉了海鸥的翅膀
也迷蒙了水手苍老的眼睛

我固执地爬行在细碎的海岸
寻觅你遗落的脚印和贝壳
而此刻，只有远去的帆影与海风

这就是我热恋的滨海吗
这就是给我幸福的滨海吗
这就是我梦境中的滨海吗

蔚蓝的你，没有作答
翩跹的海鸥，只留下一声声惊鸣
我的梦，却在你的怀里翱翔

祖国，温暖在一朵菊花的芬芳里

一群鸟的叫声，飞翔在祖国的上空
穿过法桐树的云朵，在秋的蓝色里漫卷
黄河呼喊着，春天的消息
在一朵菊花的芬芳里，寻找祖国的温暖

故宫博物院的恢宏，在金黄的绚烂里舞蹈
一只蝴蝶的飞翔，漫过黄河两岸
在紫色的霞光里，呈现向日葵的金黄
又在众灵铺开的翅翼中，落下，升起

黄河以蜿蜒的姿势，继续向东流
壶口瀑布的晨雾，在鸟鸣中苏醒
祖国，在一朵菊花的芬芳里，醉迷
温暖，秋日苍茫的阳光和成长的楼群

以一滴露珠的虔诚，滋润着众生灵
以一缕青草的嫩绿，抵达春天的问候
以一缕星光的光明，照亮夜的黑

在一朵菊花的芬芳里，寻觅祖国的温暖

一只蝴蝶的紫色，装饰了祖国的大地
从夏到秋，再从秋到冬，一直到春
清风明月佳人，传送一个国家的消息
祖国，温暖在一朵菊花的芬芳里

我捧着一颗皎洁的月亮

我捧着一颗皎洁的月亮，在密州大地行走
寻觅九百四十多年前，你射出的那根，羽箭的痕迹
一只小鹿，流出殷红的鲜血，倒在孤坟旁
今夜的月色，依旧辉映着短松冈
却独不见在超然台上，把酒问青天的君

我捧着一颗皎洁的月亮行走，在密州大地
毫无聊发少年狂，老夫的勇气
更没有，左牵黄右擎苍的陪伴
西北望的是，秋雨缠绕的常山
故人思故国，故乡在何处

今夜密州大地上的明月，依旧如霜朗照
川流不息的车流，和人流沸腾着，星光的喧嚣
今夜我行走在，月亮的怀抱
吟唱着水调歌头，那悠远的旋律
从滔滔的潍河源头，一路恣意流泻

我捧着，一颗皎洁的月亮，在密州大地行走

寻觅九百四十多年前，你射出的那根，羽箭的痕迹

一只小鹿，流出殷虹的鲜血，倒在孤坟旁

今夜的月色，依旧辉映着短松冈

却独不见，在超然台上把酒，问青天的君

一枚夹于诗集的银杏叶

就是在这样一个，收获粮食和婴儿的季节
你与我不期而遇，在布满星光的黄昏
我将你夹于，诺贝尔文学奖诗集里
于是，你与大师们一起，窃窃私语

就是这样一枚，夹于诗集的银杏叶
与聂鲁达相遇，相知，同病相怜
智利的，金黄的太阳般，燃烧的铜
抚慰你，纤细而瘦弱的灵魂

这枚夹于诗集的，银杏树叶
嗅到了，来自智利，这位火车司机的召唤
沐浴着葡萄园，和谐的秋风
寻觅地球上的居所和孤独的玫瑰

于是，你知道了一位名叫塞弗里斯的希腊诗人
驾驶着一艘"画眉鸟号"，续写着航海日记
阿西尼王背负着，古代墓碑和忧郁的国家

在东方的国度，释放着，矫健如飞鸟的欲望

而伫立于塞浦路斯海边的海伦
在今夜，成了你梦中的情人
羞怯而又抒情的夜莺
在你们的身边，彻夜歌唱

也许你，依旧回味，太阳的爱抚和温暖
也许你，喑哑的喉咙，依旧在歌唱
我看见，这枚夹于诗集的银杏叶脉
在大师们的私语里，依旧泛出一抹浅绿

虚拟春天

把春天虚拟成一棵小草
将根须伸及墓地深处
绕膝倾听，父母久违的絮语

把春天虚拟成一条小河
将水流引至父母的墓前
告诉他们，百花盛开的讯息

把春天虚拟成一缕月光
让月色朗照父母的后花园
引领他们，蹒跚的步履

把春天虚拟成一颗星星
让星光抚慰父母寂寞的守望
告诉他们，鸟儿飞翔的方向

把春天虚拟成一丝春风
让风儿梳理父母稀疏的银发

年年清明陪他们，述说人间往事

多想把春天虚拟成无数个我

与地下经年的父母

一起踏青赏花，聊度余生

一枚于风中翻飞的落叶

一枚于风中翻飞的落叶
缱绻着树枝的眷恋
在空中翩跹
秋天说来就来
生命在季节的轮回中升腾

带着法桐树冠的问候
氤氲着阳光的体温
迫不及待地回到开始
一枚于风中翻飞的落叶
秋天说来就来

大地滚动着车轮的轰鸣
穿过雾霾的落叶
小心翼翼地避开人流的缠绕
寻找一块净土
栖息在夜的怀抱

一枚于风中翻飞的落叶

在夕阳的余晖里

折射出炫目的光辉

带着古铜色的膏体

温暖着日渐寒冷的黄昏

秋天说来就来

来不及诉说夏日的喧闹

和对雨季的承诺

一枚于风中翻飞的落叶

渴望着泥土的芳香

一枚于风中翻飞的落叶

缱绻着对树枝的眷恋

在空中翩跹

秋天说来就来

生命在季节的轮回中升腾

乌鸦的幽灵
——给矿难中死去的兄弟

背负黑暗的影子，孤独的乌鸦

在黄昏逼近的乡村，飞翔

端坐在太阳天庭的幽灵，回首人类

看见我那，哀哀的父母

看见我那，哭死过去的妻子

和在她身旁，一直抹泪的儿女

莫要悲伤，我的亲人

每个活着的人，必赴黑夜的死

我必去赴黑夜的死

我能感受到飞翔的轻盈

我爱的人类，莫要恸哭

我情愿守护，乌鸦般的黑暗

为你们疗伤，给你们光明

你们不要认为，我已死去

其实，我的幽灵就是那团熊熊火焰

和那，一汪飞翔的鲜血

如同天空燃烧的巨火

仿佛另一轮火红的太阳

在苍穹流浪

就像我从乡村，走进陌生的都市

就像我走进地壳，挖掘死亡的幽灵

在寒冷中分享温暖

在黑暗里见证光明

一声巨响，一阵气浪，一柱渗水

就夺走我的肉体

幻化为，飞翔的幽灵

我能感觉到，翅膀的轻盈

太阳，在我的胸腔里燃烧

太阳，在人类的黑夜里流泪

溅湿，乌鸦兄弟的额头

远处传来，鹰的哭号

是谁惊醒，鹰的梦境

是谁将光明的灰烬，注入鹰的眼睛

失却了光明的鹰，听不到自己的哭声

兄弟呀，我的好兄弟

人类的丧钟早已敲响

太阳神，摆好死亡的盛宴

期待人类前往赴约

这将是一场没有鲜血的战争

是一次黑暗和光明的无畏战斗

哭瞎了眼睛的老娘啊

儿，再也不能给您梳头和洗脸

哭死过去的妻呀

你我难再，安享天伦之乐

只能将男儿的天职，托付给

未成年的儿女

飞翔呀飞翔，天空中舞蹈的幽灵

孤零零地守护，黑暗的乌鸦

它就要爆裂，就要死去

我只能，为它守灵

我只能为即将赴死的人类

敲响光明和黑暗的丧钟

我爱的人类呀

必将与我一起飞翔

在未来的光明之心飞翔

在太阳怒吼的眼睛里飞翔

在硝烟弥漫的宇宙上空飞翔

在鸽子降临世界的每一个角落飞翔

落英缤纷

一棵雪白的樱树，四月的寒风
抖落一片片雪花，疑是黛玉的泪水

落英缤纷，仿佛前世的冤孽
跟时间和命运诉说，春天遗落的诗篇

落英缤纷，被一壶浊酒浇灌
一场宿醉，期待下个春天

落英缤纷，一个不能说的秘密
深埋于地下，等待来年发芽

冈底斯山

岩石，很美很美
美不过蓝天的蓝

朝圣者，独斟独酌
仿佛玛尼堆旁的石头

背影，很长很长
一路血色的脚印

一朵花的眼睛

星星，睡了；我醒着
月亮，睡了；我也醒着

太阳，睡了；我醒着
大地，睡了；我也醒着

草原，睡了；我醒着
地球，睡了；我也醒着

一朵花的眼睛，叫我看见
一座雪山，一只奔跑的羚羊

米兰花开

米兰花开，向阳的一隅
浓郁的芬芳，弥漫至天空

米兰花开，灯火阑珊的夜空
被你遗弃，与星光为伍

我赤脚走进孤寂的夜晚
大地的孤寂被延伸数寻

米兰花开，一波一波的香毒
将你我吞噬，逃离的背影

向阳的一隅，一株米兰
花开的声音，随夜色渐行渐远

期待梦境中的一场大雪

期待梦境中的一场大雪，将你我覆盖
连同萧萧落叶和落叶中的影子
连同天空的灰和夜的黑
直至将世界覆盖成，一片棉絮似的白

你说在你的城市里还是深秋
西子湖畔的美景依旧，美不胜收
钱塘江依旧川流不息
灵隐寺香火依旧，雷峰塔下游人如织

我只想借一只蝴蝶的翩跹
将梦境中的大雪，带到你的身边
感受月光般的皎洁和如水的晶莹
直至大雪将你我覆盖，在盛唐

那该是一场大美的盛唐风，扑面而来
吞噬了天地之间的黑和血腥的战场
在中国的南方和北方演绎着，一篇壮丽的史诗

直至梦中的大雪将世界覆盖

多想期待梦境中的这场大雪，将你我覆盖

连同萧萧落叶和落叶中的影子

连同天空的灰和夜的黑

直至将世界覆盖成一片，棉絮似的白

记住乡愁

那年告别沧桑的母亲，独自漂泊
难以忘怀家乡这条忘忧河
缓缓流淌着母亲的叮咛
随我流浪到远方

记住乡愁，一湾浅浅的河水
记住乡愁，一钩弯弯的月亮
记住乡愁，一双母亲的眼睛
记住乡愁，我们伟大的祖国

无论走到世界的哪个角落
我们的根在中国
我们都有一个中国梦
记住乡愁，记住我们的母亲中国

梦寻元曲

擎荷的妙龄女子，一袭白色的裙裾
在元曲里潜行，仿佛一颗流星的侧影

是否来自元代，一个叫畏吾村的楼台亭榭
惧怕黄昏，黄昏又至，断肠人暗销魂

是否来自京城内三环，一个元代的旧村落
寂静的暗夜，默不作答

一个梦境中的女子，是否来自魏公村
寂静的暗夜，默不作答

背影已远去，回不去的故乡
在一点相思几时绝的元曲里，足有三千余里

囚　徒

九只黑色的乌鸦，守着九座荒芜的坟墓
九只流浪的羔羊，迷失回家的方向

九只黑色的乌鸦，游走于北方的地平线
一声声霜打的哀鸣，极像寒夜遗失的冷月

九只黑色的乌鸦，在大雪纷飞的北方
守不住天空的叛乱，救赎九个孤独的神祇

九只黑色的乌鸦，从无数个黄昏至黎明
死守住草原的繁衍，喂养九个不死的囚徒

秋后的土地

一条条肋骨，裸露荒凉的贫瘠
如同密州西北乡，一垄垄秋后的阳光

我数着七色的光芒，如同捡拾
狐狸死后，一根根冰凉的骨头

偶尔的雁鸣，掠过一座座丰盈的坟茔
矮过土地的枯草，渴望一缕星光

熊熊燃烧的火焰，濯洗天堂里的尘埃
生生不息的人类，将肉体深埋于黑色的尘土

居住在黑夜里的我，捡拾着太阳丢弃的骨头
在秋后的土地上，与枯草相互取暖

落　叶

一生背负阳光的影子
四季遗弃孤儿院的孩子

落叶萧萧阳光温暖
依依向铁树告别

与大地和尘埃为伍
等待旅人的火焰

为回不去故乡的人
在黑暗中点燃一粒星光

菊 花 雨

石头盛开雨的花蕊
忘却暴雨蹂躏的山谷
野菊花倾听石头的歌声

我怀抱着天空
天空怀抱着我
直至雨将我淋为一摊泥

飞溅的泥花
燃烧雨中的菊花
忘却暴雨缠绵的土地

我怀抱中的石头
石头怀抱中的我
在雨的花蕊怒放

石碾·歌唱

背倚夕阳堆积的山峦
独自啜饮，黄昏浸泡的茶香
走不出顽石堆积的山川

捋一缕胡须，权作时间的方向
碾碎祖辈出土的生存作坊
储存刺槐与石榴花的清香

我的故乡，你的忧伤
青石板蕴积冻雨覆盖的村庄
在冰雪纷扬的苍穹流浪

我的故乡，抹不平雨滴的创伤
走不出疯长的黍米与红高粱
在荒夷的山冈甜蜜地歌唱

温一壶老酒，煮沸秋天的河流

温一壶老酒，煮沸秋天的河流

秋天的河流，经年漂流
一河的月光和荒芜的秋草
流经密州西北乡，一个叫大朱的村庄
故乡迷失在，沟壑缠绕的云朵里

秋天叫喊着，露水和秋虫的悲鸣
多年未走过的西岭小径
一半是沟坎，一半被荒草掩埋
在秋天的河水里泅渡

不见割草的和牵牛的踪影
一群乌鸦，兀立在玉米地里
啜饮清晨的露水
看一朵流云燃烧的火焰

秋天的河流，漂荡着一只蚂蚁的影子
我看见，挑一担地瓜的父亲
挎一筐土豆的母亲和执一柄镰刀的姐姐

在秋天的河水里挣扎

撕破秋夜的黑，在故乡奔走呼号
不小心，被一场突如其来的大雪覆盖
冰凉的河水里，漂浮着父亲的影子
母亲塌陷的肋骨和姐姐的白发

没有月亮的夜晚，星星在导航
回不去的返乡路，被一群麻雀阻隔
榆树的阴影，漏出土屋中暗淡的灯光
母亲的一声叹息，喑哑了秋天的夜空

在秋天的河流里宿醉
在秋天的河流里沉浮
在秋天的河流里，煮一锅地瓜
在秋天的河流里，温一壶老酒

回乡之路，在荒原燃烧
一座座坟茔，收割秋野里的玉米
一株株野菊花，躲在草丛中流泪
我只得，温一壶老酒，煮沸秋天的河流

在秋天的河流里，温一壶老酒
将我和秋天，以及河流迷醉
在秋天的河流里，呼唤一场大雪
将父母亲的坟茔埋葬

沿着荒原小径能否抵达故乡

荒草覆盖下的乡村小径，没有狐子的踪迹
枯草在秋风中，散发着衰老的叹息
我站在一株孤独了千年的菩提树下
沿着一条荒原上的乡村小径
能否抵达故乡

被露水和秋风灌溉的裤脚
踩不出一只清晰的脚印
我把故乡，丢弃在挂满风帆的大海上
而今却要沿着乡村小径
回到家乡，品尝火炕的热度和清香

漫山遍野的呐喊，扼杀了麻雀的回音
没有枪声，只有英雄的土地
一片荒夷的山岗，失去了血性的红色
沿着荒原小径能否抵达故乡
与你无关，与青草有关

一个异乡人，走进深秋的故乡

打捞着水流的日子和昏暗的星光

我在一根草的哭声里

捡拾着一滴一滴泪水

默默祷告

自 留 地

从今天起，我要租种一亩三分地
种植粮食，种植蔬菜，种植一株山菊花
期待在秋雨连绵的午后收获

从今天起，种粮食种菜
供养，长眠在家乡北岭上的父母亲
和长年在故乡生活的亲人

可是我却弄丢了我的那一亩三分地
再也寻不到，在密州西北乡流浪的足迹
而今我要拿什么供养我的父母亲

我想将肉身，开拓为一片小小的自留地
比一亩三分地，还要窄的土地
种菜种粮食养花，用血液来浇灌

也许会生出一朵粉红的杜鹃花
让故乡的风替我，插在父母亲的坟头

将旧时的岁月和时光雕刻在，鸟儿的翅膀

也许会在密州西北乡，生长一株红高粱
酿一碗美酒，让飞翔的鸟儿
年年清明，敬到父母亲的坟前

从今天起，我要租种一亩三分地
种植粮食，种植蔬菜，种植一株山菊花
供养流浪的鸟儿，已逝的父母亲和故乡的亲人

立 冬

经年的河流遗弃，一个荒芜的秋末
老祖宗的箴言里，有一个立冬的季节
冬天将至，想象着世界，被一场白如棉絮的大雪覆盖

你走在故乡的荒原寻觅
父亲弹下的烟灰
和遗忘在雪地里的棉袄

十多年前的那场雪，依旧在下
无家可归的麻雀，落满父母亲的坟头
一声叹息吹落，松树上悬挂的灰烬

冬天将至，想象着世界被一场白如棉絮的大雪覆盖
经年的河流，丢弃一个荒芜的秋末
老祖宗的箴言里，是否有一个立冬的季节

与你无关紧要，埋头走进白色的火焰
捡拾着一粒粒，寒冷的星星
喂养一只流浪的麻雀，和一株枯萎的菊花

三 代 人

那年，父亲在世的时候
我问他，爷爷去了哪儿
他回答：在北岭①的土堆里

今天，儿子用同样的问题
爷爷去了哪儿，问我
我回答：在北岭的土堆里

多年以后，孙子用同样的问题
爷爷去了哪儿，问儿子
儿子将回答：在北岭的土堆里

如果，人们用这样的问题
人类去了哪儿，问我
我将回答：在地球的土堆里

---

①北岭是位于密州西北乡的一座公墓林。

岁 月

岁月一天比一天短，就在这深冬
深冬的阳光，说短就短
也像深冬的风，一天比一天冷

风打西伯利亚，吹向中国的腹地
流经长江黄河，裹挟着猩红的火焰
一直延伸到密州西北乡，燃烧

经不起岁月的敲打，火焰一会儿变为一滴水
一会儿成为一滴血，从体内流到体外
在遍布雪花的八百里山川，不喊痛

这样的岁月，何时看到它的头尾
这样的大雪，何时覆盖你的家园
这样的命运，何时抵达我的灵魂

在这深冬，风吹漏了天空
天空的云朵，战栗在鹰的翅膀
除了一块墓地的接纳，你仍然期待最后的飞翔

四 季

大雪仍覆盖不住，你葱茏的绿色
战栗在寒风中的麦子
怀抱着冬日的阳光

依旧眷恋四月的春色
依旧回想荷锄的温暖
依旧追寻大地的足迹

闪过银色镰刀的麦浪
被五月放逐和收割
在农人的梦呓中沉醉

迷人的光线，将八月小心翼翼收藏
八百里玉米地
遍地阳光和虫鸣

被你传颂和歌唱的四季
被你遗忘和丢弃的四季
在时间的河流里，一尘不染

长 颈 鹤

多少年了，守望着这片水
一片泛滥着月光，充盈着绿色的水
你的歌声，在八百里大地飞翔

这儿，有酸枣树的呢喃
清澈的月光荡漾鱼虾的舞蹈
明亮的阳光温暖水草的丰盈

而今一摊浑浊的死水
怀抱着明天的悲伤
难以抵达远方的家园

在这肃杀的深冬
该来的终归要来
你的孤独，无人知晓

小　草

我是一棵小草，在这深冬
多么期待一只苍鹰掠过
和它掀起的飓风，一路呼啸而去

多么期待，一场大雪将我覆盖
循着一路雪花，返回远方的故乡
和故乡的炊烟，一路颠簸流浪

多么期待，远方的星光将我缠绕
与你一起倾听，一朵栀子花
在黑夜绽放时，发出的浅唱

在这深冬，蛰伏着露水的冬眠
蛰伏着春天的叫喊
和我柔软的肉体，一同等待春风

我是一棵小草，与大地
与远方的你和故乡
在这深冬，一同依偎幸福

虚　拟

虚拟一条河流，从喜马拉雅至马耳山
雪水流淌为潍水，穿过你的胸膛

虚拟一亩土地，从冈仁波齐至密州西北乡
圣土化作土壤，种植一株向日葵

虚拟一座庙宇，从布达拉宫至村西头关帝庙
从虚无到虚无，无处安放灵魂

虚拟另一个你，从生生不息的四季至光明的未来
从生命到生命，共饮高粱酿制的美酒

冬 雨

冬雨，静静地打在窗玻璃上
洇润，一朵忧郁的水花

一只飞鸟，一片落叶，从人间凋落
与故乡的河流，一起装扮灰色的天空

马路上的银杏树，光秃秃的
就像密州西北乡冬日里的土岭，铁青而荒芜

落叶，依然呈现灿灿的金黄
荒草，干枯如母亲的头发，一点就燃

多年以前，冬雨结成了冰，化作春水
多年以后，必定有一棵翠柏，护佑你的坟头

无 题

在异乡打开夜的门扉
风追逐风的方向
逃离远方

无雪的月光
泛着一层如霜的白
无法抵达冬日的故乡

我在夜的黑里
无比怀念一滴水
一滴白如雪的泪水

暖 冬

一棵棵枯树刺向没有阳光的天空
一声声汽笛黏稠着一声声叹息

在雾霾里穿行的车流，与失去故乡的鸟群
战栗在寒风的呼号里

无法想象，没有雨水的大地
没有阳光的天空，是否在梦中依然被你赞颂

故　乡

从前，葳蕤葱茏是你披的外衣
而今，雾霾凝重占驻你的灵魂

每一次走近你，故乡就离我远一步
每一次走近你，疼痛就离我近一步

一缕缥缈的炊烟，一畦青茏的麦苗
和一只翱翔的苍鹰

在夕阳中伫立，我那苍老的母亲
和风中摇曳的白发

故乡，如一粒发芽的种子
在祖国广袤的大地上，葱茏生长

石　磨

在密州西北乡，一个偏僻的小院里
你一躺，就是百年的光景
二十岁的母亲与你相识，已近七十年

当我看到拄着拐杖，在磨道里蹀躞的母亲
你的泪水，泛出春天的气息
冬日的暖阳，依旧抚摸，你沧桑的面容

你的孤独，和母亲一样多
至今，母亲也不知道多年前的故事
你的来历，始终像一个谜

在父亲去世的那年，他告诉我
你是他，从南山背回来的
说：你是爷爷送给他儿媳的礼物

五千年过去了，而今你依旧弥漫
石器时代的芬芳，由你磨出的米面
依旧，辉映着阳光的温暖与慈祥

醉 春 风

多少次的叩拜，换不回人世间寂寞的回眸
被楼群切割的阳光，抖落一地黄金般的丝绸

多少次的回望，看不见故乡缥缈的炊烟
被荆棘阻隔的去路，追逐一路风花雪月的尘埃

多少次的守候，等不到岁月深处空洞的回响
被风雨滋润的时光，掩埋鸟儿星星点点的惆怅

异乡的蝴蝶，看一朵流云，听一声呢喃
远方的游子，想象一片落叶，醉迷一缕春风

叩拜多少次，仍换不回人世间寂寞的回眸
被楼群切割的阳光，依旧捡拾丝绸样的黄金

回　家

伴随春天的脚步，年味在车窗回旋
朦胧中，一缕缕炊烟袅袅升起
此起彼伏的鞭炮声，在蓝天白云间回荡

娘的声声呼唤，从篱笆间穿过
和着鸡犬的合唱，穿过无邪的童年
一阵阵战栗，刺穿阳光和白云

一声汽笛，一声叹息
一路颠簸，一路思念
一次告别，一次期待

告别另一个春天，将你我灌醉
期待另一个春天，将你我陶醉
回家，是下一个春天最美的注脚

回家，伴随这春天的脚步
回家，是娘的一声声呼唤
回家，是这个春天最美的音符

立　春

今日立春，一候东风解冻
二候蛰虫始振，三候鱼陟负冰

独居世界的一隅，一声声呼唤
从黑夜深处传来

远方的游子听从召唤，裹紧寒衣徒步
穿行在中国的大地上

循着春天的方向，叫喊春天的名字
追逐故乡那缕炊烟

进村的土路，被一道道沟坎切割
如同一道道流血的伤痕

一个趔趄，打碎了清澈的月光
也嗅到了泥土的芬芳

春天的银杏树

金黄的黄，追逐风的方向
铁青的青，攀缘春天的阳光
初春的银杏树，呼唤星光

大地在夜的黑暗里，生长
泥土在根的伸展中，纠缠
记忆在梦的呓语里，回味

初春的银杏树，呼唤星光
铁青的青，攀缘春天的阳光
金黄的黄，追逐风的方向

有星光的远方，是你的故乡
有阳光的地方，是我的故乡
有风的方向，永驻春天的家

麦 香

麦香的毒，落在腿上，结成了痂
一年又一年，在这个季节，风依旧吹

麦香的毒，熔进眼睛，化作了泪
一生又一生，望断天涯路，雨依旧下

麦香的毒，烙到心里，是一汪血
一世又一世，思念到海角，鸟儿依旧飞

麦香的毒，一畦又一畦，香撒夜空
麦香的毒，一辈又一辈，爱播苍穹

老 屋

十三年前，七十六岁的父亲，走了
一年前，八十八岁的母亲，也走了
空留，一座荒草覆盖，倾塌的老屋

今夜，我将思念，摁进老屋的地基里
我听见，地基深处发出，青草拔节的叫喊
沿着墙角，在那盘石磨的磨道里，孤独地消失

我用我的呼吸，努力地，清扫屋内的尘埃
听得见，青草的根部，发出一阵阵呻吟
仿佛，旧日的时光，父亲打水的声音

脚下，疯长的野草，侵略了母亲先前留下的脚印
早些年，母亲那佝偻的背影，一定穿梭在
那架倒伏的扁豆架下，现在，老屋却没有一丝喘息

鸟儿倦了，夕阳落了，老屋塌了
思念像一阵风，来自何方，吹向何方

今夜，星光暗淡，我将沉沉睡去

明天，阳光灿烂，大地苏醒

思念多像一阵风，来自远方，吹向远方

老屋，父母亲的味道，依旧葱茏，依旧生长

对　话

密州西北乡，一座普通的农舍
传出两个人的对话，一个说，一个听

说话的是，坐在炕上的外甥
听话的是，躺进棺材里的舅舅

呷一口酒，脸红一阵，吐出三个字
没意思，怎么说，您也听不到

听话的人，一个土堆，是最终归宿
说话的人，至今四处流浪，飘零

娘啊娘，最亲的白发亲娘

墓 地

倒扣于大地的一只碗，母亲曾用它
喂养过六个儿女，压抑内心的风暴

匍匐于田地的一个枕头，父亲曾用它
头枕午后的阳光，眺望祖国的大好山河

寄宿于地球的一小块土丘，父母合用它
安顿劳累的肉身，抚慰春雷滚滚的苍穹

奔波于祖国的四面八方，儿女回家乡
拔除墓地的杂草，倾诉压抑已久的心声

到了炮制桃花酒的季节，虔诚的游子
用清风明月装饰祭坛，祭奠伤痕累累的雷暴和闪电

被春风醺醉的北岭，又多出无数个碗形土丘
被松柏缠绕的北岭，明天将会安置谁的魂灵

娘啊娘，最亲的白发亲娘

夕阳依旧焚烧，无边的寂寞
您依旧眷恋，襁褓中的笑脸
黎明依旧吞噬，无涯的黑暗
我依旧思恋，您那甜蜜的乳汁

多少次醉酒的呢喃，把您呼唤
多少次跌倒的啼哭，把您思念
多少次的梦中相见，是如此亲切
娘啊娘，是我眼角的一滴泪珠

清风吹乱，您花白的头发
山路踏碎，您苍老的足音
儿女摧折，您挺拔的腰肢
娘啊娘，是我前行的一盏明灯

娘啊娘，我的白发亲娘
多想亲亲，您那沟壑丛生的老脸
娘啊娘，我的老娘

真想给您披上，用我身体做就的棉袄

但我惧怕这，会让您添加过剩的心痛
酸涩的泪水，淹没四季的光明
潮水吞噬，时光和距离
娘啊娘，我最亲的白发亲娘

娘啊娘，我最亲的白发亲娘
回家，再也看不到您了
您的音容笑貌，只能温暖在我的回忆里
娘啊娘，到哪儿才能找到，我最亲的白发亲娘

致 父 亲

比青草更茂盛的是，拥挤的北岭
比北岭更真实的是，父亲的坟茔

寂寞的时候，我总想来到父亲的坟头
跟荒芜的青草一起，诉说久积的话语

仿佛再次谛听到，您那暖暖的呼吸
就像您亲吻儿子时的，瞬间

怀念父亲

静寂的夜晚，怀念是我的眼睛
多想照亮你，此去不返的旅途
伤痛的泪水，冲刷夜的黑暗

朝霞和阳光朗照孤独的眠床
冰冷的地下安息的灵魂
鸟儿的悲鸣，黎明的第一声问候
葱茏春天的原野，最美的馈赠

静寂的黑夜，孤独的思念
慰藉你凄楚的情怀
思念的泪水，温暖夜的寒冷

长眠的墓穴点燃灯盏
看不清前行的方向
泥土和青草，依然是你的眷恋
祈祷和祝福，依然是我的缱绻

安息吧，最深爱的人

哭天抢地的恸哭

难以唤回你阳光的良辰

寂寞和黑暗伴你至永远

就让我做你的灯芯草

日夜陪伴照亮黑暗的孤独

安息吧，我最亲的人

东方的曙光，为你唱响天堂的颂歌

注：父亲王瑞廷，生于1928年2月14日，卒于2004年2月3日，享年75岁。自少年起，跟随我的爷爷走乡串巷。一生温顺恭让，勤勉劳作。

天堂里的黎明

　　——怀念诗翁臧克家

擎一支诗的火炬

照亮天堂罹难的灵魂

从黎明出发一路悲歌

从风回到风，从雨回到雨

故乡黎明的醺醉

激发泥土的生长

你是诗国的囚徒

在诗的天堂依然唱响

生命的赞歌

从天空回到天空，从太阳回到太阳

黎明的曙光

赠给你的故乡

一匹清癯的老马

驰骋于中国的大地上

从泥土回到泥土

你是一团火

一团冲破黑暗的巨火

灼人，必将自焚

颂歌在黎明唱响

百年歌声缭绕不绝

从青翠的马耳山，到潺湲的涓河

月亮的眼泪

去岁今夕，哭泣的月亮
怎能不接纳一个浪子的祈求
莫让泪水模糊，天堂去路
和月桂树下玉兔的眼睛

去岁今夕，悲伤的月亮
怎能不为失去亲人而忧伤
吴刚的桂花酒，醉迷天堂的方向
和月宫里嫦娥的歌声

去岁今夕，皎洁的月亮
就让诗国的囚徒伴随左右
在荒凉的月宫，抑或寂寞的天堂
依然聆听到你的歌唱

薄奠

一炷青香一杯酒水
怎奈尘世诱惑
一方泥土一株翠柏
怎能了却前世纠葛

我的父老乡亲
寒风纷扰的纸钱
怎能蕴藉凄哭的眷恋
一丝薄奠遥寄苍穹

纷纷雨脚将我的故人缠绕
冥冥挣揣怎奈黑暗的凝重
黄昏依旧牵攀夕阳的背影
给您一缕肺腑堆积的薄奠

一炷青香一杯酒水
怎奈尘世诱惑
一方泥土一株翠柏
怎能了却前世纠葛

乡　音

娘唤儿的声音，响彻在子夜
城乡穿梭，迷离的星辰
惝恍的梦幻，洞穿无眠的夜空

相思的手抚摸你，月光般的华发
泪水氤氲寂静的午夜
飘送如水的乡音，蜿蜒的乡路

佝偻的你，伫立夕阳眺望
洞穿时间和距离的河水
漂浮落叶和暮雨，静默无语

苍穹回响，漫无边际的呼唤
娘啊，别喊了，别眺望
梦中看到你，如霜的双鬓陡增几多坎坷

爬呀爬，爬不出一道道苍茫山峦
爬不出，您那如雪白发的包围
只得喊一声：娘啊，我的白发亲娘

爆玉米花的老人

一幅不相称的城市与乡村素描
一声响亮的爆炸

一群灿烂的笑容
一息凝固的时间

一个流浪的身影
释放一缕阳光的灿烂

问 天 堂

在什么样的高度，才能仰视你
假如必须用生命去践约
去死，不是去活

默不作答的你，笑眯眯地凝视
孩子，没有来路的天堂
究竟也没有去路，活着就要忍耐
像东逝的流水

在什么样的时间，才能与你相遇
假如必须用死亡做终结
布满沟壑的苍穹，充溢果子的芬芳
去活，不是去死

我睁大眼睛刺探，黑色的夜空
天堂究竟离我，多远
噙满泪水的双眸，四顾
升入天堂的慈父，在何方

青草的思念

静谧的午夜青草在怀念
纵然泪水模糊视线
阴阳界碑被思念洞穿
窥一眼最亲的你

酷暑淹没故乡的原野
秋色的庄稼地
依然有你劳作的身影
在记忆的网络穿梭

挥舞的镰刀依旧收获
饱满的颗粒依旧芳香
欲焚的夕阳彤艳依旧
故乡的界碑疯长青草的思念

再 生 鸟

羽毛化为一抔灰飘扬在苍穹
肉体成为一缕青烟，骨骼化为一堆炭

而灵魂升至天堂
一只灰烬再生的鸟

悲鸣与风声燃烧四季光明
天空与大地煮沸时间的河流

奔驰在月光弥漫的荒野
鸟儿寻不到栖身的巢穴

在灰烬里诞生
在灰烬里消亡

黑　夜

黑夜渡我，到天堂的彼岸

呜咽的琴声，传送灵魂的颂歌

孤独的眠床，寂静漂送

故乡石头，与河流的回忆

我将在黑夜温柔而去

脱壳的躯体，仿佛飘浮的云

怎能遗忘故乡，赤裸的双足

和一望无际的麦茬地

也许，真的唤不醒，沉睡的高山

我将无比幸福地远去

黑夜渡我，到天堂的彼岸

那儿也许是，我梦中的故乡

黑夜，这颗高昂的头颅

将坚贞的不屈，投向天雷滚过的九霄

喝下桃花炮制的美酒

默念神的颂歌

黑夜，从黎明至黄昏
狐狸的喧闹，震撼葡萄的醇香
今夜风信子放香
我只得趁夜黑，摸回遥远的故乡

父 亲

一道莽莽苍苍的山脉
在你弯曲的脊背上隆起
一道深深的沟壑
爬过你深凹的面颊

自年轮逸出的白发，至今
仍飘拂在北方的原野
您劳作的脊背和耕耘过的
至今仍散发着泥土馨香的田埂
您放牧的牛鞭与那洁白的羊群
深深地烙进，我步履维艰的生命里

您枯树似的双手，托起无数黄昏与黎明
您瘦削的双肩，扛起山脊的重荷
那苍凉的山风莫不是
您一生最响亮的足音
踏过坎坷与逶迤的山路
至今，仍叠印在我人生的步履里

您岩石般的塑像

仿佛一座难以逾越的高山

将矗立并占住我一生的魂灵

那浸润血泪的故乡河

至今仍是我一生的源泉

钉 子

一枚生锈的钉子，出土于父母的墓地
纸钱纷飞，仿佛鸟儿的羽毛

清明时节的北岭，绿意汹涌
扶犁耕地的父亲，仿佛钉子的前世

生前将钉子，揳进庙宇漏风的窗户
死后将自己，揳进大地修炼成佛

我愿做一枚钉子，钉在父母的棺盖
将人间旧事，日夜讲给他们听

我愿做一枚钉子，钉在春天的野草上
将露珠酿成佳酿，孝敬天堂的父母

我将出土的这枚钉子，揳进灵魂深处
让春风明月洗涤，生锈的钉子不喊痛

坟 茔

苍凉的原野
大漠风荡涤山谷
撕心裂肺地呐喊呼号

人生一世，草木一秋
生存与死亡编织世纪诱惑
蔚蓝的苍穹，有鹰鸣的挽歌

纷飞的纸钱
用黑暗抓住荆棘丛
拉扯凭吊者的羽裳

无尽的悲哀，扩散烂漫的夜空
苦涩的祈求，定是坟头枯立的荒草
等你，走向那条难归的归宿之途

旧 棉 袄

走进冰封的冬日，遥忆那件旧棉袄
母亲的叮咛，像时针拨弄的钟摆
拿时间，补裰有窟窿的四季
用手掌的裂痕，与核桃似的皱纹

酸枣花的芳香，沉淀漂泊的步履
青铜般的棉絮，温暖冬季的茅屋
缕缕鬓丝，编织炊烟的音符
在世纪末的天窗，奏响鸟儿的歌唱

旧棉袄，是严冬的烘炉
母亲的话语，是一堆黑亮的煤炭
踉跄的记忆，冲决历史的堤岸
蹚过彼岸的，不只是心灵的白帆

灰　烬

神说：风在灰烬里诞生，在灰烬里灭亡
我说：春披着冬的袈裟，在四季的河流中泅渡

阳光的猛烈，灼烧着一望无际的荒原
失群的羔羊，面对大漠失声痛哭

雄鹰捡拾着，蓝天遗弃的影子
失语的流浪者，面对大地一声不吭

春风追赶着羊群，仿佛逃离故乡的河流
燃烧的木柴埋葬，逃离者的鲜血与骨殖

披着袈裟的春，依旧在四季的河流中泅渡
在灰烬里诞生的风，也在灰烬里灭亡

我前世的孽债，总得在命运的灰烬里灭亡
我今生的爱情，总得在命运的灰烬里永生

墓　碑

风最终站成一棵，柏树的影子
两只乌鸦争相猜测，墓碑上的文字
被刻刀深深，伤害的墓碑，一言不发

被阳光灼烧的疤痕，不喊痛
被巨石压弯的脊梁，不叫屈
被风雨盘剥的关节，不喊冤

南山的巨石，剔出暗褐色的裂纹
哑巴石匠再用自己的血肉，——填充
多年之后，哑巴的墓碑，依旧一言不发

我在秋天的枫树下，想你，我的爱人

致 爱 人

我在秋天的枫树下，想你，我的爱人
透明的阳光，一遍遍清洗天空的蔚蓝

我在丰盈的大地上，想你，我的爱人
遍地流银的月光，照亮一座座梦醒的村庄

我在澄澈的天空下，想你，我的爱人
鸟儿飞翔的翅膀，掠过一颗颗无眠的星辰

我不惧怕夜的黑，只要我的爱人
沿着清澈的溪水，一路欢歌而来

我愿化作一朵晶莹的雪花，在山涧等你，芬芳
我愿成为一只温驯的羔羊，在草原等你，牧放

我不怕肉身的疼痛，只要我的爱人
手捧一束曼陀罗，抚慰洁白的花朵

只要我的爱人，沐浴着布达拉宫的酥香
我愿做你膝下的，那只羔羊

只要我的爱人，披着冈仁波齐的圣光
我愿做你梦中的，那条哈达

春天的蝴蝶

蝴蝶飞飞，飞进春天的扉页
一部未打开的爱情箴言

蝴蝶飞飞，飞进春天的故乡
绿油油的麦苗在歌唱

蝴蝶飞飞，飞进春天的恋人
喃喃细语倾诉爱的甜蜜

蝴蝶飞飞，带我飞进
春天的泥土滋润大地的容颜

寻　找

多年前的我身陷沼泽
荒漠的戈壁只有风沙
而今纵然努力再努力
找不回失落的自我

压抑的激情就像月亮
被云蒙上了眼睛
哭泣的泪水泡透云朵
亲爱的，面对失语的我悄无声息

谛听风吹雨打的河水
静静地流过干涸的原野
寻找自我释放激情
焚烧迷离的月夜

生命的回归

流浪的肉体，缘于故乡的食粮
只有归还故乡
才了却我的尘世因缘

沸腾的血液，源于父母的脉络
只有归还父母
才了结我的前世纠葛

痴迷的情爱，因为妻儿的牵挂
只有归还妻儿
才能忘却灰烬的余温

我多渴望在灰烬里重生
重生后的辉煌照耀大地的苍茫
爱抚泪痕斑斑的双颊

瑟缩于秋风秋雨的故乡
怀念衰老的双亲

无助的妻儿，是我生生不息的牵挂

流星照亮晦暗的故乡
慰藉神伤的父母和妻儿
断肠人，在天涯与星辉放歌

雨的飘零

你张开美丽的眼睑
依旧清新靓丽，如三十年前
披婚纱着红袍娇美的倩影

几回月光下樱花前
在岁月河流连，难泯灭
夜空摇曳的霓虹

伊人独自撑起油纸伞
一柄荡漾的方舟
几回梦中，念念的亲情

在乡村夜空流浪
闪烁不定的星辰
淹没一路风尘

飘零雨怎奈夜的寂静
荧荧烛火亮丽晴空

不再有雨的飘零

飘零的是，念念的亲情

芳菲的五月

我不会离开芳菲的五月乡村
永恒的爱人，你的热吻让我陶醉

醉迷花香四溢的田野
醉迷溪水淙淙的山谷
醉迷浓酽的乡村风景

我不会离开我的爱人
放飞的五月身披婚纱

走进五月的红地毯
乡村钟声就要敲响
黎明的鸟儿莫要歌唱

我的爱人我怎会离开
芳菲的五月乡村

缠绕我的脚，迷蒙我的眼

沿钟声的方向

扑进你芳菲的怀抱

星星的呓语

无法捉住坠落的星星
在孤独寂寞的黑夜
你的倩影消失于天尽头

纵然思念停留在梦中
难以唤回逝去的爱

迷失遥远的苍穹
难再聆听你的歌声

你的温柔烂漫整个星空
纵然追忆依然在过去
无法找回你的柔情

给 孤 雪

一枝自寒冷北方怒放的蜡梅
奇异的芬芳奇异的灵性
在梦中飞翔
雪巷中的伊人

美丽而忧伤的晋中女子呀
不是梦中的星星
也不是梦中的新娘
是一片傲冬的孤雪

憔悴的泪水无法慰藉流浪的心

无边的夏夜吞噬城市的倒影
闪烁的霓虹覆盖婆娑的月光

亲爱的，我无法忘怀
憔悴的泪水无法慰藉流浪的心

无边的夏夜怀念荡漾的波影
堆积海涛的汹涌

亲爱的，我难以忘怀
憔悴的泪水怎能慰藉流浪的心

无　题

是海的梦飞翔在
打鱼者的眼睛里

那是一首童谣的旋律
摇曳在蔚蓝的苍穹

是梦非梦
唐朝的钟声

与歌姬翩跹舞姿
一起翱翔

人类向何处

面对荒芜的原野，将被驱逐的不只是所有的动物
丧失生存家园的困惑
时刻尾随苟活着的人类
混乱的时序，模糊历史与现实的视野

纵然生命只有一次
万水千山的跋涉与迁徙
只能涂鸦死亡狰狞的面孔
裸露夜空拓展雨泥的行踪

人类，莫要守望恸哭声
定要逃出黑暗设置的阴影
与雄鹰一同翱翔在苍茫的宇宙
寻觅充满幸福与阳光的明天

无 题

置身喧嚣嘈杂的都市
人类的悲哀再次击穿
那双充满黑暗的双眸
过剩的激情，宣泄茫茫苍穹

世外桃源的梦想随哗哗的桃花溪水
涨满归航的风帆
只能空留纷扰而喧哗的空间
供你寄养未出世的婴儿

无法躲避的喧响将你紧紧围困
难耐寂静夜空
那闪烁的辰星莫不是你
暗夜寻觅光明的眼睛

心的驿站

疲惫与孤独再次将你缠绕
漫漫尘沙扫过浑浊的夜空

灯火闪烁的都市再次融入
夕阳与黄昏编织的梦乡

彷徨只在夜的尽头独自悲歌
流浪的足迹写满每条通向孤独的山路

葳蕤的山谷再听不到鹰的悲鸣
心的驿站让今夜停泊在何方

起 风 了

一朵朵细小的麦花，被鸟儿的翅膀，运到北岭
一片片硕大的麦田，被天空的云朵，带往天堂

起风了，催动五月的月季和石榴花，盛开
起风了，沸腾故乡的场院和白月亮，闪烁

在夜晚的狗吠声中，沿着旧日的时光，思念爬过
在炊烟的缥缈途中，循着寺庙的钟声，爱恋折返

起风了，一阵阵歌声在天宇间，回响
起风了，鸟儿的翅膀逆风飞翔，归巢

起风了，我要借着北风的力量返乡，拾镰收割
起风了，帮我把多年的话语捎到墓地，与父母倾听

一朵麦花的细小，能否被鸟儿的翅膀，运到北岭
一片麦田的硕大，能否被天空的云朵，带往天堂

深秋了，追踪一只蚊子

深秋了，一只蚊子在耳边，逡巡
它那嗡嗡声音，极像黑暗里的虚无
只不过，被窗外喧响的噪音，掩埋

沿着它的踪迹，一把抓了个空
仿佛经年的流水，洗刷着荒芜的田园
逃脱不了命运的捉弄

深秋了，在白光烁烁的白天，出没
舞蹈着，最后的舞步，在坟墓之外
跳起，别扭的华尔兹

深秋了，抓不住你，逃走的影子
只得在自己的影子里，煮一壶热茶
温暖一株，被宿命遗忘的，孤独

山花·清月

清月追逐的山花
烂漫故乡的阡陌

密州，一座梦堆砌的古城
走不出历史回望的眼睛

古　陶

而今，用汉语来叙述你的声音
是如此的苍白而乏力
静坐于历史的一隅
倾听滑落指缝间的阳光

碾过时间的声音
死亡欲望，一面破碎旗帜
覆盖怨妇舂米的背影

经年流亡的歌声依旧洞穿
泥土的梦幻
美丽而丑陋的骷髅

一首温婉怆然的古诗
旷古的声音敲击少女时代
梳理浓密的秀发
和指缝间遗落的阳光

金色阳光咆哮着
掐灭黑暗中的灯火
燃烧美丽的古典女郎

辉映翩跹的舞姿
当汉语成为一抔泥土
今夜你将为人类歌唱
古老的声音，传颂生命的赞歌

城市的树

城市的树边游走边流泪
砸起的尘埃模糊视野

无边的阳光经过长途跋涉
刺穿城市的每个角落

秋风剪掉时间的长发
光秃的树与赤裸的阳光

抚摸伤痕累累的落叶
嗅到甜蜜的芬芳

远去的村庄

远去了
那苍茫的山峦
与荒夷的山冈

远去了
那袅袅浮起的炊烟
与缥缈的岁月

远去了
桃花满山红的故乡
与粉色的回忆

远去了
所有被历史镂刻的雕像
与桃花溪水

而今，面对滔滔东逝的流水
无言再回失去的村庄

白发苍苍的老娘

依旧伫立于风雨中，眺望

眺望那条返乡的归途

与青草覆盖的羊肠路

时间不能让你沉默

是的，时间不能让你沉默
在旷无人迹的荒野
只能喊醒沉睡的高山

时间做证，原始林带的萤火
擦亮夜的眼睛，寂静守护
任时间将你掳走

真的，时间不能让你沉默
生命的轮回，只能慰藉死亡的阴影
没有终结的乡野，时间静默无语

地中海的鱼

一条鱼穿过地中海
划进中国的长江
今夜在我的梦境闪烁

在世界地理书上见过的这条鱼
温暖夜的眼睛
伴我数苍穹上的星辰

曾在故乡徜徉的这条鱼
清澈的溪水辉映着蓝天
裁一缕云彩做你的羽裳

这条鱼曾镶嵌少女的裙裾
这条鱼曾踏着少年的步履
走近地中海遨游

这条鱼掀起地中海的波涛
这条鱼濡染长江的湿润

这条鱼装饰珠穆朗玛的山峰

一条鱼穿过地中海

划进中国的长江

今夜在我的梦境闪烁

向 日 葵

我要告诉你的是
这不是凡·高笔下的那株
他是我儿时伙伴的名字

从墙角拱出地皮的刹那
他就是我的好兄弟
风雨中一起歌唱向着太阳的方向

我没有用画笔倾吐火焰
也没有用颜料高唱赞歌
他是我的好兄弟

凡·高扣动扳机的瞬间
他的向日葵已经升入天堂
他的灵魂注视人间苍生

我的好兄弟依旧茂盛成长
伴随阳光与雨露
在中国大地喷射生命的火焰

夏日的晚风

夏日的晚风刺穿喧嚣的柏油马路
粉红的裙裾扬起在夕阳的余晖里
曾经来过，你的微笑

月亮河畔的布谷鸟衔来蒲草的清香
潺潺的河水游鱼在荡漾
曾经来过，你的回眸

夏日的晚风吹拂着青涩的玉米
在夕阳的余晖里歌唱
歌声回荡在无垠的大地

夏日的晚风布谷的歌声
粉红的裙裾，蒲草的清香
曾经来过，在你我的回忆里

憔悴的人，望见故乡就哭了

乡村速写（之二）

一棵疯长的青草

举起大地的头颅

在乡村夜空，弹唱

五月的歌声，来自麦田的琴弦

抚摸镰刀的手掌

亦抚摸五月，盛开的笑容

走不出，五月制造的梦境

一棵乡间的青草

期待，一场暴雨的降临

回望故乡（组诗）

一

一只翱翔的雄鹰
穿过乡村的眼睛
抚摸远古的马
一匹雄健的马

策马而来的远征勇士
和凯旋的王
一杯酒灌醉
月光弥漫的故乡

我不知道
一夜的逃亡
目的地是荒原
抑或沙漠

二

窗外的雨，淋湿一只脚
迈向乡村的另一只
被温暖的夜风，收留

伴随蹒跚的月光
与村口的那株古槐
依旧默诵，关于开镰的诗篇

抽穗儿的天空和金色的阳光
遭遇一队，轰轰烈烈的迎亲队伍
金色的阳光，是新娘的眼睛

乡村的夜空撒落
一首，关于幸福的诗篇
举杯，饮尽月光美酒

五月乡村，抽不回
新娘焐热的脚
在乡村大地，流浪

三

一只淋湿的脚，如何伸向故乡

流浪的城市上空，听不到鸟儿的歌唱

一粒粒橙黄的小米

喂养，五月的乡村风景

捧着五月的夜风

觅不到家的方向

暮色中的古槐

仿佛丰满的秋野

一树树的月光，一树树的音响

弹奏五月麦地的琴弦

是新娘的歌声

也是新郎的诗篇

四

五月，乡村诗篇被季节切割

金黄的是麦穗，银白的是月光

多年前，先人膜拜的祭坛
供奉，五月的谷神

而今乡村亲人，举起五月乡村
一只盛满，农事的酒杯

与日月同饮，与天地共醉
在五月乡村，硕大的怀抱

弹奏，麦穗的音乐
吟诵，关于五月最美的诗篇

五

一粒麦子，从五月麦地出发
寻找天堂的方向
一只流浪的鹰，穿越
一片，废弃的山冈

珠穆朗玛的雪莲
远古的梦幻

远古的目光，见证
一只鹰的飞翔

唐古拉的雪峰
时间的眼睛
在时间之外，注视
一粒麦子的旅行

六

文字收藏成熟的麦穗
历史收敛麦草的灰烬
父亲对月抽烟的夜空
五月的农事深藏于怀

憨厚的土地憨厚的父亲
月光滋润收获的麦地
夜鸟的啼鸣和蛙声
一曲无眠的丰收乐章

在星光里酣醉

在星光里沉睡

五月的狂欢扯碎

黄昏和黎明的暧昧

七

被麦子扎伤的天空

鸟儿飞翔，改变河流方向

漂泊苦菜花的麦地

漂流浪子，蹒跚的步履

抚摸金色的阳光

如同梳理，麦浪翻滚的原野

起于汹涌

也将止于汹涌

遍布麦茬的大地

燃烧阳光的爱情

麦草的灰烬，抒写

镰刀，与麦地的浪漫故事

八

忙碌的五月，最不适宜浪子返乡
拥挤的街巷，嘈杂的音响
一缕陈旧而古朴的炊烟
缠绕不该回首的目光
生怕被自己的脚步踩伤

五月的山冈，沸腾阳光的舞蹈
五月的河流，漂泊浪子的步履
五月的草地，流淌牛羊的乳汁
五月的乡村，一首动人的诗篇
在五月的农事里传唱

九

北方的山冈，一片红高粱
期待秋风的收割
在父亲的目光里
英雄般倒下
又英雄般崛起

秋阳的祷告声

北方的山冈，战栗的幸福

秋风掠过蔚蓝的天空

仿佛大地的挽歌

在父亲的喉咙里，吟唱

梦境的故乡，是这片山冈

种植父亲的红高粱

北方的山冈，不知道山冈外

一位流浪儿望穿秋水

奔山冈

十

我抚摸故乡的阳光

就像母亲抚摸幼小的头颅

我嗅到麦子的清香

亦闻到浓郁的奶香

故乡喷吐五月的火焰

灼伤母亲的眼睛

燃烧故乡的麦田

放飞我的理想

十一

看上去很美

一股阳刚的猛烈

血性的狂潮

怒放在黑色的夜空

是梦非梦

故乡的阳光

优美的诗篇

在夜晚唱响

十二

那年五月，忙碌的夜空

麦秸垛上，星星的私语

惊扰姐姐的约会

麦粒的暗香，风中浮动

打麦场汽灯的光芒

徐徐展开姐姐，娇羞的面容

一粒粒麦子，一粒粒星光

姐姐如水的目光

滋润，五月丰满的诗篇

一镰镰麦穗，一镰镰阳光

姐姐柔软的怀抱

绽放五月，粉红的石榴花

十三

麦茬扎不伤，穿梭麦地的兄弟

鸟儿的羽翼，扇动汗湿的背脊

满载的拖拉机

轰鸣在故乡的村路

这就是供养我们的粮食

这就是生产粮食的兄弟

刚进村口，麦子撒了一地
我的兄弟只得，重新码垛

火辣的阳光燃烧，我的兄弟
躺在拖拉机上的麦子叹息
我的兄弟，不是被石碾压榨
就是被脱粒机扒皮

十四

坐在麦地里的兄弟
抹把汗喝口水，望着成熟的麦子
任鸟儿啄食
一脸的笑，在阳光里燃烧

我的兄弟，从少年到老年
从未离开过，这片收获的麦地
也曾想如鸟儿飞翔
在中国广袤的大地

劳作在五月乡村的兄弟

依旧哼着乡村俚曲

奔走在田间土路

啜饮麦子酿造的佳酿

十五

五月的白杨，说绿就绿了

五月的麦田，说黄就黄了

五月的燕群，说来就来了

五月仅是四季中，一颗煮不熟的红豆

五月的生命，说诞生就诞生了

五月的生命，说消失就消失了

五月的北方，一曲生命的赞歌

五月仅是生命中，一个短暂的音符

我无法不歌唱五月

乡村最忙碌的五月

忙碌的日子来不及翻晒

五月就成了一道，风景的记忆

我无法忘怀五月

被牛群和羊群追逐的五月

躲进鲜花烂漫的山谷

倾听太阳弹奏的交响乐

该绿就绿的五月

该青就青的五月

该诞生就诞生的五月

五月仅是四季中一颗，煮不熟的红豆

十六

五月的风，从一个叫石桥的地方吹来

夹带鱼腥与羊粪的气息

流经，一个叫大朱的村庄

五月的风，掠走春的眼睛

五月的风，裹挟村北岭的泥沙

泛滥五月的抒情和忧伤

从大石桥的桥墩顺流而下

穿越我，惊慌的眼神和模糊的记忆

五月的乡村，没有风穿过阡陌田塍

有的却是，挽起的裤管与泥泞的牛蹄

五月的麦田，一架岁月的琴弦

鞭子的抽打与牛吼，是五月最动听的音符

十七

我多想故乡是一棵古树

在四月的春风中歌唱

树叶与星辰装饰石头的梦境

呓语和露珠是我的眼睛

为通往土炕的柴门

打一扇穿越历史的铁窗

在故土的桃林遇上

我心爱的姑娘

不是一汪清澈的溪水

不是一朵粉色的桃花

不是一颗闪烁的星星

是穿越宇宙与大地的精灵

一棵古树的爱情

始于古典战场

止于现代童话

在我的故乡传唱

十八

沉甸甸的麦穗焚烧五月的影子

五月的阳光慵懒的孕妇

梳理大地与天空的谎言

手捏铁锹穿行的夜风

父亲的眼睛燃烧的火焰

熄灭麦穗与镰刀的战争

沉睡在五月的太阳

默默诉说麦穗的语言

听不懂的父亲摇头轻叹

穿过阳光的栅栏

与田野中的麦穗不期而遇

我无语又无言

十九

四月，老农手中放不下的土坷垃
第一阵春雨渗进，草丛中的石头

抚摩，大地的眼睛和颤抖的天空
哭泣的树木，抚慰鹰的影子

四月，孕妇腹中的胎儿
第一声啼哭，滋润夜空中的星星

四月的乡村，一支被遗忘的歌谣
在大地与天空中流浪

二十

五月回到故乡，每次的心跳
和每次的惊诧，毫无改变
五月回到故乡，田野的庄稼茂盛依然

村子里的炊烟依然弥漫，我的泪眼

五月回到故乡，又见到白发苍苍的老娘
和刚爬上枝头，喧闹的无花果
五月回到故乡，静寂的院子，满地撒落的榆钱
和两棵筑有鸟巢的老榆树

五月沧桑的眼睛，燃起黎明的篝火
五月怀春的夜晚，跳起童年的游戏
五月丰满的胸脯镌刻，相思的种子
五月喧闹的村庄，写下抒情的诗歌

二十一

五月，麦田拥挤着麦穗
每个穗头上都结着青色的梦
风儿打不开夜空的寂静
摇不醒农人的睡梦

这一梦，五千年转瞬即逝
至今依然在五月里酣睡

五月的农事，在五月更像一首诗

五月的麦田浪涛翻滚

在月光下翻晒，姐姐的梦话

打开星星的梦境

一穗青麦咀嚼酸涩的心事

躺在姐姐的手心，酣睡

五月，麦田拥挤着麦穗

每个穗头上都结着青色的梦

风儿，打开夜空的寂静

却摇不醒姐姐的睡梦

二十二

一片贫瘠的山冈

枯草在春风中扯着期盼的喉咙

歌唱婆婆丁的嫩黄

和紫茄子的芳香

灿烂阳光吻遍山冈

眺望父亲耕耘的故土

灼灼闪亮

刺穿桃花烂漫的故乡

穿过山冈一片红高粱

故土的阳光

伴随父亲的脊梁

寻找梦里的故乡

二十三

金黄的秋天

在梦的手掌开放

最后一棵红高粱，在故乡歌唱

梦中的故乡

燃烧黎明的曙光

一道灿烂的朝霞，在故土怒放

金黄的秋天

在父亲的脸上微笑

天空与大地的呢喃，在故土流淌

梦中的故乡

是浪子的天堂

最后一枚相思豆，在故土生长

金黄的秋天

不是梦中的天堂

最后那棵红高粱，依旧在歌唱

二十四

种在五月的诗篇会在故土发芽吗

一道道山岭掠过喜鹊的叫声

能和野花一起盛开吗

五月的诗神和五月的麦田

葱茏五月的故土

疯长五月茁壮的誓言

五月的风雄猛的情种

五月的雨甜蜜的乳汁

五月的太阳幸福的使者

五月的故土

不仅收获人类的粮草

也收获人类的种子

二十五

我常在梦中耕耘这块土地

用爷爷的烟袋与父亲的镰刀

自己的白日梦和儿子的童真

据说人类始终逃不脱这块土地

我的亲人和我只好顶烈日披星月

最后像露水渗进她的宫腔

期待五千年的轮回与消亡

期待野菊花烂漫的秋日

期待一场暴雪把世界覆盖

这片生长石头和诗歌的故土

我和我的亲人整日挥洒如雨的汗水

和疯狂的精血日夜耕耘和播种

二十六

五月的诗神是一粒种子
五千年前祖宗遗弃的那一粒
我数着一粒粒时光的种子
用父亲的镬头和爷爷的锄把
将其深植于故土

是否能长出一棵红高粱
一株五月的麦穗，一棵向日葵
或者一缕普照世界的阳光
一切都不重要
重要的是一粒时间的种子

夕阳是时间的翅膀
在人类成长的故土飞翔
左翅是爷爷的酒壶，右翅是父亲的烟斗
居住在时间染缸里的我
默诵五月开镰的诗篇

二十七

为何无缘无故地歌颂起五月
耕耘我的土地
缘于爷爷的染缸染不绿这片土地
父亲的烟斗吸不走这片土地

多年前不事农事的爷爷
一间低矮的作坊漂染五彩梦
穿梭于大地的乡间
哼唱古老的民谣

父亲整日忙碌于大地
歇在地头的烟斗是鸟儿的巢
听麦苗拔节的欢声笑语
嗅麦花吐出的芬芳

我行走在苍茫的大地
四处寻找养活明天的食粮
父亲的烟斗和爷爷的染缸
陪我远走他乡，流浪

二十八

粉唇胭脂不是五月的附颜

桃花溪水不会梦回唐朝

故土有我五月的泪水

耕耘只为地下的祖辈

大地不属于我自己

五月的雨滋润世界

一树树的阳光一树树的青翠

一株株的丰满一株株的陶醉

一粒粒的种子一粒粒的宝贝

梦回唐朝的桃花溪水

尽染五月的丛林

在故乡传唱

二十九

寂寞源于寂寞的五月

孤独源于孤独的土地
始于赤裸止于赤裸
一声啼哭刺穿五月的原野

一片树林一亩秋粮
一缕阳光三分池塘
走不出忙碌的五月
和兄弟姐妹的荣光

悲伤源于五月的流浪
流浪源于五月的抒情
五月的诗篇不会腐烂
在五月的故乡歌唱

三十

大地的秋粮
被黑色的时光抬走
喂不饱的四季被大雪覆盖

我居住在故乡的角落

咀嚼阳光，咀嚼黑色的方块字
同时被黑色的方块字吞噬

我最后的祈求
不是被你俘虏
也不是给你幸福

不是被你埋藏
就是被我遗忘
大地是我们的最后归宿

憔悴的人，望见故乡就哭了

憔悴的人，望见故乡，就哭了
那些憔悴的日子
无法诠释的明天，注定要远去
走不尽的归乡路，遥遥漫漫

浸透汗水的羊肠路，是心肠的思念
破碎的记忆，顶戴破碎的月圆
归乡是一条河，蹚不过去的岂止是
双足与彷徨，还有群山的脊梁
憔悴的人，望见故乡，就哭了
炊烟，飘不走，古老的童谣
麻雀，飞不出，屋檐下雨滴与钟声的喧响
归乡路，是古槐下的那口老钟和路人的祈祷

憔悴的人，望见故乡，就哭了
望不见成群的羔羊，仍在夕阳牧放
望不见的古老故事，仍在梦乡徜徉
故乡，一路走好

跋

记住乡愁，就是记住生命的方向

众所周知，现代意义上的"乡愁"是指对家乡的感情和思念，是一种对家乡眷恋的情感状态。对故土的眷恋是人类共同而永恒的情感。远离故乡的游子、漂泊者、流浪汉、移民，都会思念自己的故土家乡，于是，在人类复杂的情感中就生发了一种"归乡情结"。而在文学作品中的归乡情结，无论是小说、散文或者是诗歌，最终是人类精神体验的文学阐释：源于作者灵魂深处"归乡情结"的缠绕，抑或源于作者灵魂深处挥之不去的孤独漂泊之苦与身世落魄之悲凉，又或许源于作者对精神家园迷失的困惑与寻找理想出路的迷茫。

我记得，当代先锋派著名作家孙甘露说过这样一句话："俄罗斯文学作品中的乡村，既是家乡，也是精神上的故乡，是内心的寄托、梦想，而不仅仅是社会生活的场景。"我认为，中国文学作品中的乡村也应该有如此的气质；既能反映整个时代的思考，也能上升到母亲、家乡、乡愁这些根本性的人或事物。

追溯自己的文学创作，应该源于对故乡——密州西北乡的热爱。自从被母亲呵斥自己"没长姓氏肚子，还去鼓捣蚂蚁爪子"起至今，也算有四十多个年头了；也就是说，要将"鼓捣"了四十多年的"蚂蚁爪子"整理出书，也算是圆自己年少时的梦。

我记得，那是一个夕阳欲焚的黄昏，当我用胳肢窝夹住压井杆吃力地压满一瓮水后，照例搬出家中唯一的一把方凳坐在夕阳筛下的树荫里，开始鼓捣"蚂蚁爪子"，耳边依然回响着刚才压水井杆发出的吱吱扭扭声。母亲到水瓮前望一眼水，再望一眼趴在方凳前埋头写作的我，嗔责道："你看看，水瓮里的水都挤眼蹬鼻子了，漾得天井都湿了怎么晒粮？净瞎捣鼓！没长姓氏肚子，还去鼓捣蚂蚁爪子!"

至今，我也没弄明白，"姓氏肚子"指的是啥，大概指的是文化知识吧。故乡的乡音乡土以及多年来漂泊在外对故乡的思念之情，让我永难割舍对故乡的牵挂与怀念。

中国文学中的乡村，应以关切和尊重的态度来看待乡村，不只带着挽歌的意味，写跟旧式生活方式的告别，传统生产方式的消失，更重要的要写中国乡村未来发展的方向。

诗歌并不只和风花雪月有关，与爱情有关，与亲情、友情有关，更与人间的道义与温暖有关。也正是心中要充满爱，充满对人类的悲天悯人的疼痛感，才使我的诗歌创作有了更加广阔更加鲜活的源泉。

我的诗作，一直在努力追求一种行云流水般的空灵、唯美和抒情、纯朴和天真，自己就像是个行走在乡村的农家大孩子。坚持使用唯美的语言、简明清晰的意象，只是客观地呈现事物，而不加评论；而且我认为，诗的语言应该干净、朴素、利索、具体以及直接。努力使诗歌始终保持浓郁的乡村气息，保持着生命中最本真的情感，保持着最朴素的质地；在诗歌中思念家乡，思念家中的父母、兄弟、姐妹和广大的人类，带着炽热的情感和无限的眷恋。我怀着无限的"乡愁"，四处流浪，只是为了文学这座圣殿；走遍了天涯海角，不论漂泊在异土他乡，总是不停地思念家乡，内心始终向往回归土地和乡村。

台湾著名乡土文学家钟理和在小说《原乡人》中写道："原乡人的血，必须流返原乡，才会停止沸腾！"故乡永远都是我们魂牵梦萦的，无论你漂流到何方，最容易让我们产生思念的就是我们的故乡。

作为一个生活在底层的写作者，始终怀着浓厚的"乡愁情结"和割舍不掉的家国情怀，走向更广阔、带有更普遍意义的对于人类大多数真善美的追求和终极关怀，是我对诗歌艺术最终和永恒的追求。

对于本书的出版，感谢中国诗歌网和春风文艺出版社将本书列为"中国诗人"诗丛之一；感谢中国作协会员、一级作家、著名乡土诗人王耀东先生在百忙中为拙著作序。

自1991年王先生在其主办的《鸢都报》上首次发表我的诗歌作品至今，一路走来，时间见证了他作为我诗学道路上的领路人和恩师的付出与关注，在此深表感谢。同时，感谢潍坊文联秘书长李龙启先生，潍坊市文联副主席、作协副主席陈雪梅老师，奎文区作协主席李万瑞先生，滨海区文教旅游发展指挥部办公室毛金鹏先生，山东省青年作协副主席黄旭升先生，潍坊陆顺汽车运输有限公司董事长高建先生和办公室李红志先生，山东乐康电器科技有限公司李德树先生，天天快递潍城二部王寿才先生、于永全先生，和那些无论是从精神方面还是物质方面始终关心帮助我的人。

最应该感谢的还是密州西北乡那片肥沃的故土，那里的一切永远是我的文学母体。

谨以本书献给我爱的人和爱我的人：记住乡愁，就是记住生命的方向！

2017年7月26日于潍坊